넌 날 그리워하게 될 거야

초판 1쇄 발행 | 2023년 11월 10일

지은이 박영유
발행인 한명선

주소 서울시 종로구 평창길 329(우편번호 03003)
문의전화 02-394-1037(편집) 02-394-1047(마케팅)
팩스 02-394-1029
전자우편 saeum2go@hanmail.net
블로그 blog.naver.com/saeumpub
페이스북 facebook.com/saeumbooks
인스타그램 instagram.com/saeumbooks

발행처 (주)새움출판사
출판등록 1998년 8월 28일(제10-1633호)

이 도서는 한국출판문화산업진흥원의
'2023년 우수출판콘텐츠 제작 지원 사업' 선정작입니다.

넌 날
그리워하게
될 거야

박영유 에세이

1 ✦ 넌 날 그리워하게 될 거야

차례

2 ◈ 힘이 솟는 그런 날이 올 거예요

4 ◆ 봄이여 와요

마당냥 꼬식이는 우리의 첫 고양이였다. 그 애를 잃어버렸던

그 가을은 너무 추웠다. 고양이 전염병은 손쓸 틈도 주지 않고

꼬식이 부부와 고작 한줌에 지나지 않았던 아기냥

세 마리까지 휩쓸고 지나갔다.

사람들의 세상도 전염병으로 가라앉아 있던 그 시기.

텅 빈 마당은 슬픔으로 가득 찼다. 우리는 울지 않으면 잠을 잤다.

몇 달을 그렇게 아무것도 못하고 폐인의 삶을 살다가

문득 마주친 거울 속에는 형편없는 내가 있었다.

뭐라도 하긴 해야 했다. 제대로 된 작업을 하기에는 버거워서

작은 엽서에 하루 한 장, 흩어진 마음을 담기 시작했다.

고양이들을 그리워하고, 그날의 기쁨을 찾고, 하루를

반성하고, 스스로 토닥이던 그 마음들을 종이에 채우다 보니

백 일이 지나갔다.

그리고 살그머니 일상이 돌아왔다. 잡을 수 없던 갈피들이

내가 쓴 엽서에 이미 들어와 있었다.

엽서를 쓰는 일은 새로운 일상이 되었다.

누구에게도 보내지 않았던

혼자 쓴 엽서들을 지면에 실어 보낸다.

당장은 기운을 내기 힘든 누군가에게 이 엽서들이

일상으로 돌아갈 수 있는 작은 이정표가 되어준다면

참 기쁠 것 같아서.

어우네 공방, 담원 드림

매일매일 그리워하며
그리고 쓴다

1

넌 날
그리워하게
될 거야

동거 참새 '공방이'

공방을 오픈했던 그해, 첫 여름이었다.

어느 금요일 늦은 오후, 밖에 있는 화장실에 가기가 귀찮아서

평소처럼 한계까지 참다가 결국 투덜거리며 뛰어나갔었지.

그리고 화장실 문 앞에서 운명을 만났다.

바닥에서 버둥대는 아기 참새. 다쳤는지 중심을 잡지 못했다.

갑자기 등장한 거대한 인간을 보고 더 놀란 것 같았다.

어미가 찾으러 올지도 모르니 그대로 두고 갈까 했지만,

길고양이가 많은 동네이니 일단 새줍.

화장실에 간다던 딸이 갑자기 참새를 데리고 들어오니

엄마는 당황하셨지만 데려온 나도 난감하긴 마찬가지.

근처 동물병원에 달려갔는데 조류는 전문병원에 가야 한단다.

급히 수소문해서 찾아가니 다행히 큰 부상은 아니라고,

사람이 주는 먹이를 거부하지 않는다면 살 수 있을 거라며

참새는 의외로 애교가 많으니 키워보란다.

회복하는 동안 그 참새는 '공방이'라는 이름이 생겼고
분홍색 새장을 얻었으며 우리집 애가 되었다. 공방이는
날 줄 모르는 사람에게 나는 법을 배웠다. 처음 짧은 비행에
성공한 날에는 첫 가족사진을 찍었다. 그 사진 속의 공방이는
귀엽고, 엄마랑 나는 세수도 하기 전이라 번들거리는 얼굴로
웃고 있었다.

1년간 나는 내 참새아이가 딸인지 아들인지 알 수가 없었다.
만 1세가 되고 번식기에 접어들어 알을 낳은 후에야 비로소
내 애가 딸인 것을 알게 되었다.

공방이가 처음 알을 낳던 날, 진통이 시작되었지만
스스로 순산하기에 그 애는 선천적으로 작고 너무 약했다.

깃털이 다 젖은 채 경련하고 힘을 잃어가는 공방이를 안고

그 새벽 내내 속을 태우며 배를 쓰다듬고 말을 걸었다.

"힘내, 괜찮아. 엄마가 도와줄게. 얼른 낳아보자."

그렇게 난생 처음 해보는 참새의 산파 노릇을 몇 시간.

내 손바닥에 따뜻한 작은 알 하나가 또르르 굴러내렸다.

탈진한 채로도 내 손에 얼굴을 비비고 눈을 맞추던 공방이.

고맙다는 그 마음이 고스란히 와닿았다.

매년 공방이는 생명도 의미도 없는 무정란에 목숨을 걸어야

했다. 몇 년이 지나고 더 이상 알을 낳지 못하는 나이가

된 것이 안타까우면서도 반가웠던 이유다.

공방 참새답게 바늘에 실도 끼울 줄 아는 똑똑한 참새,

드라이브 가자고 문가에서 짹짹 졸라대던 역마살 있는 참새,

다른 사람과 언쟁이라도 하면 한달음에 날아와 털을
바짝 곤두세우고 빽빽 같이 싸워주던 의리 있는 참새,
한번 삐치면 2박 3일은 티를 내던 뒤끝 좀 있는 참새,
그러면서도 늘 찰싹 달라붙어 애교를 피우던 그 껌딱지
참새가 바로 우리 애였다.
몸무게 17그램, 왼쪽 날개가 살짝 처진, 손에 쥐어보면
작은 초밥 크기의 그 애는 내 딸, 엄마의 손녀로 함께
3029일을 살았다. 그리고 2022년 겨울이 올 즈음,
우리 손 위에서 평소와 같은 모습으로 긴 잠이 들었다.
그날을 생각하면 여전히 눈물을 참기가 어렵지만
우리 모녀 3대는 내내 행복했다. 단 하루도 빼놓지 않고
함께한 모든 날들을 온전히 서로 사랑했으므로.

아름다운 오해

요즘 TV에 반려동물에 관한 프로그램이 아주 많이 방영되고
있고 사랑받는다. 나 또한 매우 즐겨 본다.
동물과의 관계도 '관계'인지라 해결되지 않는 문제들이
발생하고, 그럴 때 능력을 발휘하는 유능한 훈련사들이
도움을 준다. 나도 그러한 프로그램에 관심이 있어서 즐겨
찾아보는 편인데 심심찮게 보호자와 반려견이 오해를 하고
있는 경우를 보게 된다. 사람도 반려동물도 자기가 주인인 줄
아는, 서로 사랑하는 사이지만, 착각하고 사는 사이.
오해이긴 하지만 아름다운 오해. 위험을 동반한 경우라면
확실히 훈련과 교육, 교정이 필요하겠지만 그냥 마음과
생각의 문제라면 누가 주인인들 어떠랴. 사랑하니 행복한걸.
우리 집에도 참새 어르신이 계셔서, 모시는 입장에서
매우 행복하다.

넌 세상의 그 어느 것보다도 훨씬 예뻐

누구의 관심 속에도 존재하지 못했던 메리에게

빨간 가슴을 가진 에너지 가득한 작은 새는

가장 예쁘고 사랑스러운 존재가 된다.

나는 비밀의 화원에서 이 장면을 제일 좋아한다.

이 장면을 처음 읽었을 때 울컥 눈물이 나서 참지 못하고

몰래 끅끅 울었던 기억이 난다.

내게도 작고 사랑스러우며 발칙한 작은 새가 있다.

내게도 그 새가 세상의 그 어느 것보다도 훨씬 예쁘다.

넌 날 기억하는구나
기억하고 있어
넌 세상의 그 어느것보다도
훨씬 예뻐

비밀의학원中

그냥 사랑해서 그래

훗.

귀여우니까 살짝 괴롭히고 싶어지는 그런 기분?

근데 공방이 자식, 싫은 척 쩍쩍대면서도

절대로 손에서 나가지는 않는다.

앙큼한 것!

너의 머리며 등이며 빰을 쓰다듬는것 ??
갑자기 끌어안고 꼭 꼭 꼭 뽀뽀를 퍼붓는것 ??
네 눈을 양을 바라보다 피식 웃음을 흘리는것 ??
못생겼다 똥강아지 바보야 놀려대는것 ??
별 의미 없어!

그냥 사랑해서 그래

창새를 사랑하는 나의 자세

엄아 바보

헛되고 즐거운 상상

어깨에서 재잘대는 공방이를 보며 새침을 떨며 사람처럼
말하는 공방이를 상상하곤 하는데, 이 쓸데기 없는
허황된 생각을 거듭하며 키득대다 보니, 요즘 스탬프 작업에
자주 등장하는 공방이 캐릭터가 태어났다.
말도 안 되는 생각에 빠져 있는 것은 망상에 시간을
허비하는 것일 수도 있지만, 단지 머릿속에 내버려두지
않고 어떤 방식으로든 꺼내 놓는다면 한계를 두지 않는
창의력일지도 모른다.
공방이 캐릭터는 이제 태어나 미흡하지만, 실없는 내가
어처구니없는 상상을 반복하다보면 재미난 이야기를 가진
성격 있는 아이로 자라날 수도 있지 않을까?
망상이 취미이자, 상상이 직업!

첫되고를거운
망상
망상일수도 있지만,
창의력일지도 모르느!

ㅋㅋㅋ
웃겨

ㅋㄷㅋㄷ
ㅋㅋㅋ

짹꾸짹꾸

편히 쉬어 우리 예쁜 고양이

고양이들이 유난히 보고 싶은 날.

그래서 너희들에게 엽서를 쓴다.

사랑했고 사랑하는 나의 고양이들에게.

나도 이젠 고양이가 없어.

편히 쉬어.
우리 예쁜 고양이
사랑하고 사랑해

넌 날 그리워하게 될 거야

라디오에서 흘러나와 우연히 들었던 이 노래는
너무나 가슴에 사무쳤다. 꼬식이와 쪼식이,
아가냥들과의 짧은 인연은 이제 그리움만 남았다.

넌

날

그리워하게

될

거

야

이이유가 부른
선우정아의 고양이를
그리움을 가득담아
글씨로 적어보다.

장담은 하지 마

마당의 고양이들이 그렇게 허망하게 떠난 후 시간은 잘도
흘러간다. 엄니와 나는 아직도 마지막을 확인 못 한 쪼식이를
기다리게 된다.
부질없는 건 알지만 아이들이 들여다보던 유리문에 남은
코 자국, 발자국을 아직도 닦아내지 못했다.
지우기가 싫다.
이렇게 사랑하게 될 줄 몰랐다. 그렇게 사랑했을 줄도 몰랐다.
세상 하지 말아야 할 것이 마음을 장담하는 일이었다.
그렇게 호되게 아프고도 마당에 다시 등장한 치즈에게
황태식 씨라고 이름을 붙였다.

손이 닿지 않아도 별을 사랑할 수 있어

별자리 이름이 그리 많은지 몰랐다. 별에, 별자리에

이름을 붙여준 사람들도 아주 많겠지.

만질 수도 없고 가까이도 못 가는 저 높고 먼 하늘의

그 많은 별들을 기억하고 구분해내는 것은

관심과 애정이었을 거야.

그렇게 사랑하는 방법도 좋지 않을까.

그 자리에서 빛나도록 그대로 두고 잘 보이는 곳에

내가 있는 것.

뒤늦게 쓰린 상처

언제 긁혔는지도 모를 정도로 대수롭지 않은 작은 상처가
뒤늦게 쓰라려서 신경이 쓰이는 때가 있다.
눈에 보이는 몸의 생채기도 그런 경우가 있지만
말로 입은 마음의 상처도 그렇다.
들을 때는 그런가보다 했는데 시간이 지날수록 기분이
상하는 그런 말이 있다.
긁힌 상처에는 좋은 연고와 밴드라도 있지만 말로 인한
상처에는 딱히 약이 없다.
떠오를 때마다 상처를 문댄 것처럼 점점 불편해지고 커져서는
급기야 그 상황에서 왜 아무 말도 못하고
당하고만 있었는지 자책까지 번진다.
누구에게나 있을 뒤늦게 쓰라린 상처에 별 도움은
안 되더라도 밴드 하나 건네고 싶다.

쓰린상처
뒤늦게

모울'의 기분

너무 잘 알 것 같아. 모울의 저 기분.

나도 땡땡이가 너무 좋아.

* 케네스 그레이엄의 동화 『버드나무에 부는 바람』에 나오는 호기심 많은 두더지.

두더지는 자신을

콕콕 쑤시면서

상처치를 해야지 하고

불안스레 속삭여대는 양심의 소리에

귀를 기울이기는 커녕 모두들 바쁘게

일하는데 혼자만 늘어지게

놀아보는 것도 얼마나

즐거운 일인가 하고

생각했다

버드나무에 부는 바람

영화 〈남극의 셰프〉를 다시 봤다.

기압이 낮은 남극에서 물을 끓이면 85도에서 끓는다고 한다.

그래서 라면이 설익는단다.

펄펄 끓는 남극의 물은 라면조차 못 익히지만

연기도 안 나는 매생잇국은 아무 생각 없이 떠 넣었다간

입안이 홀랑 까질 만큼 뜨겁다.

보는 게 다가 아니다. 역시 인생은 너무 어렵다.

끓어오른당긴
100℃는
아니래

남극의 쉐프를 보다가
떠오른 생각을 적어보다

딴딴딴

영화를 틀어놨다가 적어본 음악인데, 무슨 영화였을까~요?

음악소리를 글씨로 남겨두고 싶어서 나름대
로 충실히 받아 적었다 남이 보고 무슨 곡인
지 몰라 보는건 그렇다 쳐도 나중엔 내가
봐도 무슨 노래 였는지 모를 것 같아 나 심한다
아무래도 내 글씨는 음치임에 틀림없다

글씨가 음치라 슬픈 마음을
글씨로 적어 보다

몽돌이 되고 싶은 모난 돌아

무엇인가 되고 싶다면 열심히 하는 건 기본이다. 어디서

어떻게 열심히 해야 하는지에 대한 끊임없는 생각이

선행되어야 그 노력이 효과적으로 빛이 난다.

아무리 노력해도 진전이 없다면 가끔은 의심해볼 필요가

있다. 그게 일의 문제든, 마음의 문제든.

몽돌이 되고싶은 모난돌아

구르고 또구르면 둥글어 질거란 막연한 믿음은 버려
태생이 둥글었던 돌조차 거친바닥에 쓸리면 흠집이
나고 호되게 모서리에 부딪히면 깨져서 모난돌이
되고말지 모난돌이 모난바닥을 굴러봐야 모양대로
모난돌이 될뿐이야 둥글고 매끈한 돌이 되고싶다면
강가나 바닷가를 찾아가서 굴러. 물에 몸전체를 푹
담그고 굴러야만 예쁜 몽돌이 될수 있어.

그 강에 사는 물고기는 모두 다 운다

살아 있기 때문에 우리는 모두 방향을 정해 걸어갈 수밖에
없다. 선택한 길이 너무 힘들어 눈물이 찔끔 나올 때면
가끔 세상을 원망하고 시절을 탓하게도 된다.
하지만 그저 시간은 흘러가고 세상은 돌아갈 뿐이라는
생각이 들었다. 세상이, 시절이 무슨 역하심정을 품고
나만 갈구는 게 아닌 거라는.
어떤 방향도 힘들 수밖에 없다. 괜한 피해의식까지 만들어
흐르는 강물까지 원수로 대하지 말자.
아참, 물살을 버티는 게 힘들거나 휩쓸리는 게 싫으면
가끔 방향을 바꿔봐도 괜찮다.

물살을 거슬러가는
물고기는
밀쳐지며 거부당하는것이
서럽다고
울며 헤엄쳤다

물살이 흐르는대로 가는
물고기는
등떠밀려 휩쓸리는것이
서럽다고
울며 헤엄쳤다

그 강은 그저 흐를뿐이였는데

2

힘이 솟는
그런 날이
올 거예요

시작은 갑분 강정 가게

엄마와 함께 공방 겸 카페를 차리는 건 꽤 오랜 꿈이었다.

그래서 틈틈이 도움이 될 자격증을 따두거나 유용할 만한

것들을 배우는 데 적지 않은 시간을 투자했다.

현재 본업에서 가장 큰 부분을 차지하는 서예와 캘리그래피.

이것 역시 처음에는 '카페를 차리면 화선지에 멋진 글씨로

알림판을 꾸미고 싶다.'거나 '소소한 자체 제작 제품들에

직접 손으로 쓴 센스 있는 스티커를 붙이고 싶다.'는

막연한 바람으로 시작한 일이었다.

글씨 쓰는 게 너무 좋아서 주객이 전도되었지만!

디저트나 음료 만들기를 배우다보니 자주 만들게 되었고

지인들 요청으로 가끔 베이킹 클래스를 여는 일도 생겼다.

고마운 분들께 선물해야 할 때도 직접 만든 과자를 예쁘게

포장해서 드리곤 했다.

그러던 어느 날 나름대로는 고급스러운 일곱 가지 견과류로 강정을 만들어 선물했다. 얼떨떨할 만큼 반응이 좋았고 개인적인 주문으로 이어졌다. 처음에는 정말 재미로 시작한 '장사놀이'였지만 어쨌든 대가를 받고 하는 '일'이 된 셈이니 레시피도 안정시키고 포장도 공을 들였다. 일이 더 커졌다. 인생은 뜻하지 않게 계획하지 않은 곳으로 튈 때가 있고, 그때가 바로 그런 때였다. 시작한 지 3개월, 집에서 재미로 할 수 있는 주문량을 넘어섰고 '가게를 내야 하나?' 고민을 하게 되었다. 지나가다가 물어나보자며 들어간 부동산에서 사고를 쳤다. 바로 7.5평의 작은 가게를 계약해버렸다. 정체 모를 떠밀림 80퍼센트와 왠지 떠밀려 가고 싶었던 충동 20퍼센트가 공방의 시작이었다.

모든 과정이 수작업이었던 나의 강정 가게는 스티커 하나도 손으로 써서 붙였다.

손님들이 원하는 메시지를 적어드리기도 하고, 가끔은
편지를 대필해드리기도 했다. 선물용 포장에 사용하는
보자기도 시즌마다 다른 원단을 끊어다가 직접 만들었다.
나의 코딱지만한 공방은 강정 가게로 시작했지만
나와 엄마, 친구와 지인들의 핸드메이드 작업을 선보이는
장소이기도 했다.

시간이 지난 지금은 간식은 팔고 있지 않다.
작업과 먹거리를 함께하자니 체력이 남아나질 않았다.
선택과 집중의 기로에서 나는 그중 더 하고 싶은 걸
골랐다. 그래서 어우네 간식 공방은 '어우네 공방'이 되었다.
그 후로 몇 년이 지났음에도 여전히 나의 칠콩강정을
기억해주시는 옛 고객님들에게 감사할 따름이다.

이상한 공방 주인

직업이 뭐냐고 물으면 '공방 주인이에요.'라고 대답한다. 그러면
따라오는 질문은 '무슨 공방이에요?'인데, 나는 늘 대답하기가
어렵다. 두루두루 여러 가지를 하고 있기 때문이다.

전문성이 떨어져보이지 않을까 초반에는 꽤 오래 내 공방의
정체성에 대해 고민을 하긴 했다. 솔직히 지금도 가끔은 한다.
어우네 공방에서는 하고 싶은 걸 하고, 만들고 싶은 걸
만든다. 나는 하고 싶은 걸 하고 살아야 하는 사람이기
때문이다.

'하고 싶은 걸 하고 산다'니 팔자 참 좋은 사람인가보다 하고
생각할지 모르지만, 누구나 그렇듯이 나 역시 내키는 대로만
살 수는 없다. 내 인생은 내 것인 동시에 내 것이 아니고,
주변 사람들 인생도 그들의 것이되 내 인생의 일부이기
때문에 '마음대로 사는 것'은 불가능한 일이다.

그러나 적어도, 허락된 것들 중에 제일 좋은 것을 선택할
자유는 늘 있다. 12첩 반상을 받을 수는 없더라도 적어도
밥상 위에 오른 반찬 중 제일 맛있는 것을 먼저 골라 먹을
자유는 있다는 말이다. 달랑 소금과 간장뿐이라도
그중 마음에 드는 짠맛을 고민해야 한다.

'내가 선택해서 먹는다.'는 마음 가짐은 행복의 시작이다.
애초에 바라고 상상한 것이 이런 밥상이 아니었다고 죽지
못해 먹는다면 인생은 늘 불행할 수밖에 없다고 생각한다.
큰 것을 꿈꿀 수 없는 애매한 시간들을 지나갈 때,
그 제한 속에서 하고 싶은 것들을 찾아 꾸준히 계속했다.
그러다보니 꽤 많은 잔재주를 부릴 수 있는 사람이 되어
있더라. 하고 싶은 것을 하고, 만들고 싶은 것을 만드는
이상한 공방의 주인이 될 수 있었으니까.

엄마와 함께 운영하는 어우네 공방에서는 글과 글씨를 쓰고 그림도 그리고 도장도 새긴다. 엄마와 함께 직접 생각해낸 인형을 만들기도 한다. 바느질, 뜨개질, 재봉질, 식물 키우기 등 재미있는 일들을 두루두루 하고 있다.

지금 하고 있는 이 모든 일들은, 과거 언젠가 하고 싶어 했던 모든 일들이었다.

상술이 아닌 진짜 친환경

유통기한이 지난 기름들을 재활용하려고 비누를 만들기로
했다. 이런저런 레시피를 찾아 인터넷을 뒤지고 다녔다.
비누를 쓰면 샴푸나 물비누, 주방세제처럼 플라스틱 통이
필요하지 않으니 친환경적이라고 했다. 오, 과연, 그럴싸해!
그러나 주문한 부재료들은 모두 비닐과 플라스틱 통에 담겨
있었다. 용기를 쓰지 않기 위해 비누를 만들려고 했는데
재료가 든 시약통들은 너무나 새것 같아서 또한 아까웠고,
과연 친환경적일까 의심이 들었다.
친환경은 현재의 가장 큰 이슈다. 모두가 느낄 정도로
기후도 생태계도 변했으니 실감이 된다. 기업들은 친환경을
슬로건으로 내세우고 마케팅의 초점을 맞춘다.
새로운 친환경 상품을 써야 한다고.
카페에서도 일회용기나 빨대 등을 금지한다는데, 이미 구입한

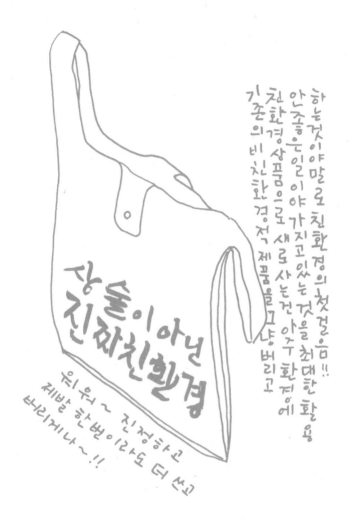

하는것이야말로 친환경의 첫걸음!!

안좋은일이야 가지고있는것을 최대한 활용

친환경상품으로 새로사는건 안주 환경에

기존의 비친환경적 제품을 그냥버리고

상술이아닌
진짜친환경

읭우우~ 진정하고
제발 한번이라도 더 쓰고
버리게나~!!

멀쩡한 물건을 버리고 새 친환경제품으로 교체하는 건
끔찍한 악수가 아닐까? 분리수거도 그렇다.

애써 분류해서 내놓으면 섞어서 가져간다.

친환경을 생활화하려고 노력하는 사람들이 참 많다.

텀블러를 소지하고, 나무젓가락 대신 개인 수저통을 챙겨

다니기도 하고, 채식으로 식생활을 바꾸신 분들도 있다.

나도 여러 가지 노력을 해보고 있는 중이지만, 유통구조

자체에 모순된 부분을 마주하면 막막해진다.

그래서 요즘은 있는 물건을 알뜰하게, 남김 없이, 최대한으로

사용하려고 노력하고 있다. 그 후에 환경을 생각하며

새 물건을 구입하는 게 순서이지 않을까.

실속 없는 마케팅의 제물이 되어 환경은 환경대로 망가뜨리고

지갑은 지갑대로 털리는 호갱이 되고 싶지 않다.

조립의 재미

요즘 지우개 도장을 좀 열심히 팠다. 수업준비로 하기도
했지만 워낙 작은 작업을 붙들고 있는 걸 좋아하는
취향이기도 해서.
잘 새겨진 스탬프는 단독으로도 예쁘지만 조립하듯이
어울리는 스탬프들을 모아 찍으면 더 재미있고 예쁘더라.
옷을 잘 입는 멋쟁이들은 기본 아이템 몇 가지를 갖추고
조합을 하고 포인트를 주어 다채로운 분위기를 낸다고 하던데
도장들을 모아 놓으며 이런 기분일까 싶었다.
어무니랑 각자 작업도 하고 같이도 작업을 하고 있는데,
같이하는 작업이 그런 것 같다.
엄니가 전체적으로 입체적인 형태와 특유의 색감으로
큰 작업을 해주시면 내가 인형의 중심을 잡고 자세와
표정 작업을 하고, 공방이는 기쁨조로 우리의 정신건강을

관리해준다. 안정적이고 즐거운 합체(?)다.

세상에도 모아 놓으면 더 재미나는 것들이 많이 있겠지? 이미

익숙한 것들도 새로운 것들도 유심히 살펴보고 싶어졌다.

요것조것 생김새를 따져보며 새로운 재미들을 느껴보고 싶다.

거꾸로 해야 제대로 되는 일들도 있다

도장은 좌우를 반대로 새겨야 원하는 그림이나 글씨를
제대로 찍을 수 있다. 직접 그리는 글씨나 그림과 다르게.
살다보니 세상에도 경우에 따라 반대로 해야
원하는 대로 되는 일이 많더라.
일도 인간관계도. 좋은 게 좋은 게 아닌 경우도 허다하고
포기해야 비로소 얻을 수 있는 것도 많다.
가끔은 쉬어줘야 일이 더 잘, 빨리 되기도 하고
아무것도 하기 싫을 때, 억지로 무어라도 하는 게
나을 수도 있고.
절실히 원해도 마음대로 되지 않는다면
청개구리처럼 반대로 가보는 것도 방법이다.

거꾸로 하야 제대로 되는 일들도 있다

벽

좋아서 시작한 일이 항상 즐거운 것은 아니라는 걸

아마 대부분의 사람들은 알 것이다.

때로는 좋아하기 때문에 더 괴로워질 때도 있다.

글씨가 좀더 잘 나오면 좋겠는데 손이 내 말을 안 듣고,

그림도 좀더 멋지게 그리고 싶은데 계속 어설프기만 하다.

왜 지우개 도장은 더 얇게 팔 수 없으며, 크기는 누구에게도

지지 않는 내 머리는 왜 하루 한 장 엽서 쓰기에도

과부하 상태인가.

"하… 사방에 벽이야…××××"

수시로 이런 상태에 빠지는 나지만 살아남는 법은 하나다.

정신승리다.

그래서 추측성 문장을 당당히 적어본다. "천재들조차 벽에

부딪혀요." 라고 아주 단정적 어조로 뭔가 아는 듯이.

정신승리에 합리화가 빠질 수 없다.

"그러니 내가 벽에 부딪히는 건 아주 당연해요."

그리고 그걸 믿어버린다.

"천재라고 벽이 없겠어? 물론 뭐, 내가 만나는 벽과

높이 차이야 나겠지만 나만 힘든 게 아니라고!"

혹시 지금 비슷한 벽에 부딪혀 있는 분,

나와 함께 정신승리해요!

그리고 힘들지만 즐거운, 좋아하는 일을 계속해요!

너는 황소가 아니야

지금 사는 동네로 터를 잡을 때 부동산 사장님께 동네가
조용한지 여쭤봤더니, "아이고, 엄청 조용해요! 저녁 7시만
넘으면 이북 같아!"라고 하셨다. 북한의 7시 이후가 어떤지
나도 그분도 안 가봐서 모르겠지만 조용하다는 의미는
전달받았다. 대체적으로 이 마을은 몹시 조용한 건 맞다.
맞지만 어디까지나 대체적이다. 동네 아저씨 한 분은
뭣 때문인지 모르지만 늘 분노에 차 있어서 누구에게나
소리를 지른다. 한번은 너무 시끄럽기도 하고 궁금하기도 해서
유심히 내용을 들어봤다.

"어떤 놈이 먼저 짖기 시작했어? 이 새끼 너야? 너야?"
이웃의 개들에게 욕을 하고 있었다. 하지만 난 개소리는
못 들었고, 아저씨 소리만 들었다.

소매업을 하던 몇 년간, 분노조절장애 고객님은 수도 없이

겪었다. 뭐, 사실 남의 말할 처지가 못 되는 게 나란 놈 역시
화가 많다. 20~30대 때 분노의 폭주를 하던 시절을 떠올리면
내가 누구더러 분노조절장애를 운운하겠나 싶기도 하다.
지금도 내가 친절하게 대하는 상대는 동물뿐이다.
점잖고 고운 말이 안 통하는 사람들이 존재한다. 그런 경우
구겨진 인상과 거친 말 없이는 결론이 잘 안 난다.
세상을 살아나가는데 그 거칠고 편리(?)한 방법이
효과적이라는 것을 터득하고 나면, 그것을 남용하는
부작용이 생긴다. 쉬운 방법이기도 하고 필요한 방법이기도
하지만 늘 그렇게 사는 건 아니지 싶다. 사람은 성질 난다고
아무 데나 들이받으면 안 된다.

예전에는 오트밀이 진저리나게 싫었다.

불린 오트밀에 겉도는 미끈한 감촉과 잇새로 씹히는 뭔가

질깃한 입자들은 끔찍이 맛없는 경험으로 입력되어 있었다.

최근 우연히 오트밀을 먹을 일이 있었다. 그런데 이상하게도

기억과 일치하는 점이 많은데도 신기하게 맛이 괜찮은 거다.

그래서 요즘 간간이 즐겨 먹는 음식이 되었다.

생각해보면 달라진 게 많다. 복숭아 알레르기는 없어졌는데

강아지 고양이 알레르기는 생겼다거나, 산을 싫어하고 바다를

좋아했는데 지금은 미세하게 산이 조금 더 좋아졌다거나,

드라마를 잘 안 봤는데 지금은 막장 드라마를

분석까지 하며 본다.

몸의 상태, 마음의 상태, 취향은 시간이 지나며 다 변하는데

과거의 기억은 고정된 채로 있다. 안 좋은 경험의 기억이

오래전

싫어서

그만둬버린

그런일이있다면

딱 한번만

더 시도해보는게

어떨까

의외로 지금은
엄청 좋을 수도 있는데

고정되어 넘지 못하는 벽이 되어버리기도 한다.

그런 걸 트라우마라고 부른다.

물론, 모든 벽을 다 깨고 부수고 넘을 필요는 없다.

그러나 때때로 그 벽이 어떤 상태인지 슬쩍 두드려보듯

재시도를 해본다면 새로운 즐거움을 얻을 기회가

될 수도 있다.

바쁠수록 건강을 챙겨야 할 이유.

알고는 있지만 바쁜 일이 생기면 늘 우선순위에서 밀려나는

건강. 피로나 통증이 만성이 되면 견디는 것도 만성이 돼서

나중엔 그러려니 하고 살게 되는 것 같다. 할일은 많고

몸뚱이는 하나여서 몸이 두 개였음 좋겠다든지, 하루가 나만

48시간이면 좋겠다든지, 가능성 제로인 푸념만 늘어놓는다.

엊그제 진짜 오랜만에 병원에 갔었다. 받아온 약이 효과가

있었는지 간만에 머리도 맑고 오래 집중할 수 있었다.

요즘은 정말 작업량이 한심했는데 하루 컨디션이 나아지니

2~3배 일을 볼 수 있더라. 몸을 두 개 가질 수도 없지만

가진다 해도 건강하지 않으면 피로도 두 배, 약값도 두 배가

되겠지. 하나뿐인 몸 잘 챙겨 건강하고 덜 아프게 돌보는 게

현실적이고도 효과적이다.

열심히 일한 당신, 거북목

요즘 간만에 사람들을 만나면 열에 아홉은 아픈 몸 이야기를
한다. 병원 순례기, 영양제 정보, 필라테스 등 통증완화
운동정보 같은. 대여섯 명이 모이면 한 명쯤은 팔이
안 올라가거나, 목이 안 돌아간다. 거북목은 기본 탑재다.
평소 자세가 나빠서 거북목이 된다지만, 책상 앞에서
오래 일하거나 공부하면 좋은 자세를 유지하는 건 불가능에
가깝다. 거북목은 태도의 문제라기보단 직업병이다.
열심히 일한 증거다. 열심히 일한 당신, 거북목이 되었지만
당신의 거북목에 박수를 보낸다.
오늘도 수고 많았다, 거북목 동지들이여!

자네,
자세가좋군!

열심히 일한
당신,
거북목

장인의 거친손, 발레리나의 발, 그리고
책상앞의 당신의 거북목.

시간이 필요하지요

요즘 기르고 있는 토마토를 보고 있으면 새싹의 떡잎이

미처 껍질을 벗지 못한 경우가 있다.

답답해 보여서 껍질을 떼내려고 하면 어무니가 "내비둬!"

일갈하신다. 제힘으로 제대로 크도록 기다려야 한다고.

전자렌지에 음식을 넣으면 앞에서 보고 있어야 하는

'나는야 한국인'이라 가끔은 기다려야 하는 시간이

너무 길게 느껴진다.

하지만, 사람이 할 수 있는 것을 다하고 난 뒤

온전히 맡겨두고 지켜보는 시간이 가장 중요한 과정일 수 있다.

찻잎이 알맞게 우러나도록
열매가 달게 익어가도록
밥솥에 뜸이 들도록
모든 과정엔
반드시
기다려야하는
시간이필요하지요

살놈살 될놈될

살 놈은 살고 될 놈은 된다.

톡톡히 제값을 지불하고 사온 화분을 정성껏 돌보았는데도

하릴없이 죽어버리기도 하고, 선물 받은 꽃다발이 너무

예뻐서 별 기대는 없었지만 줄기 몇 개를 다듬어

흙에 꽂아 두었더니 뿌리를 내려 살아남는 일도 있더라.

시작과 결과를 보고 우리는 살 놈은 살고 될 놈은 된다,

어차피 뭔가 정해져 있다며

체념인지 한탄인지 모를 소리를 한다.

그런데 우리는 모른다. 우리가 보지 못한 시간 동안

그 꽃들은 어떤 삶을 살아왔는지.

살 놈이 되고, 될 놈이 되는 과정엔 백 퍼센트는 아닐지라도

대부분의 경우는 '살고 될 만한' 이유가 있을 것이다.

될 놈이 될 만한 삶을 사는 놈이 되고 싶다. 되야지, 될 테다.

욕심은 끝이 없지

이미 온실에 자리는 없는데 보는 식물마다 이쁘고 난리.

이 관엽은 이래서 이쁘고 저 화초는 저래서 매력 넘치며

그 난초는 그래서 귀하다.

물욕에 진심인 편…….

물욕이 큰 만큼 짐 또한 너무 많아서, 공방 이전 이후엔

보유재료 소진에 최선을 다하는 중인데도

참 갖고 싶은 게 많기도 하지.

죄송합니다 지구 씨

모든 게 이상해지고 나서야 무언가 잘못되었다고
뒤늦게 깨닫곤 합니다.
없이도 살 수 있다는 걸, 사는 데 필수적이진 않다는 걸
알고는 있습니다만 이미 길든 탓에
이 편리를 포기할 엄두가 나질 않습니다.
천천히, 조금씩이라도 줄여볼게요.
지구의 상태가 우리의 상태라는 걸 늘 염두에 둘게요.

없이는 못 사는 게
사는데 필요한 게
왜 이리 많을까요

죄송합니다
지구씨

답은 하나다.

궤변은 늘 그럴싸하고 그래 보이고 그런 것 같지만

그건 아니다.

얻기도 지켜내기도 힘들지만

진실은 하나다.

유사품에 주의

그럴싸한것

그래보이넛

그런것

그것

하얀 종이

흰 종이를 책상에 올려두고 물끄러미 쳐다본다.

일생 사용한 종이가 몇 장일까.

그대로 둔 하얀 종이는 사올 때 지불한 가격 그대로,

잘 쓰고 그린 종이는 작품이 되고, 망쳐버린 종이는

그냥 쓰레기가 된다.

내 책상 밑 휴지통엔 망쳐진 종이가 수북하기에

새로 꺼낸 하얀 종이를 대면할 때면 늘 긴장이 된다.

그 깨끗한 흰 바탕에 의미 없는 얼룩을 남겨

누를 끼치게 될까봐.

하
얀
종
이

붓을 들면 항상 고민해
너를 망칠까 늘 두려워

새옹지마

정체된 시간이 길고도 길다.

곧 밝아올 새로운 한 해도 그럴지도 모른다.

기운이 빠지고 근심이 늘어난다. 나만의 경우가 아닌 게

위로가 되기도 하지만, 공동의 고통에서 위로를 받는다는 게

치졸하고 한심스럽다는 생각이 든다.

그렇지만 그저 하던 대로 시간을 이어가기로 한다.

기약도 없이 작업을 해나간다. 글씨도 쓰고 그림도 그리고

바느질도 한다. 새로 재미를 붙이고 있는 북 바인딩도

찬찬히 공부해본다. 엄마도 뜨개질을 계속하신다.

좋은 일이 계속 좋기만 했던 적도

나쁜 일이 계속 나쁘기만 했던 적도 없었으니까.

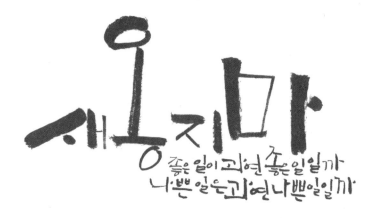

새옹지마
좋은 일이 과연 좋은 일일까
나쁜 일은 과연 나쁜 일일까

앞을 알 수 없는 세상사의 가운데서

힘이 솟는 그런 날이 올 거예요

공방 사업자등록에 변경사항이 있어서 관공서 업무를
보고 왔어요.
많은 소상공인들이 어려움을 겪다가 폐업을 한다는 얘기를
듣기는 했지만 실제로 폐업신고를 위해 방문하신 분들을
마주치게 되니 마음이 무거웠어요. 제가 머문 짧은 시간
동안에도 두어 건의 폐업신고 절차를 지켜보았습니다.
서식을 작성하는 테이블에 준비된 볼펜은 왜 그렇게
안 나오는지… 그런 작은 불행들도 야속해 보입니다.
왜 도와주지 않는 걸까요. 안 그래도 힘든 상황에.
힘없이 걸어 나가는 그 모습이 잊히지 않는 하루입니다.
다들 많이 어려운 시기입니다. 저도 그렇고요. 그래도
힘이 솟는 그런 날이 올 거예요. 저는 그렇게 믿을래요.
모두들, 메리크리스마스.

3

그 집을 떠나야
이야기가
시작된다

왜 살아야 하는지 이제 궁금하지 않아

성 야고보가 선교여행을 했다는 그 길, 까미노 데 산티아고를 두 번 걸었다. 엄마와 프랑스 길을 한 번, 나 혼자 북쪽 길을 또 한 번.

처음 산티아고 길에 대한 이야기를 듣자마자 나는 그 길을 걷고 싶었고 오래 계획했다. 그러나 막상 그 길에 올라선 시기는 내 인생 최악의 때였다. 비행기표를 예약해놓았으니 탑승을 하긴 했지만, 그냥 세상 다 귀찮았다.

단 하나의 기대가 있었다면 '완주하고 나면 왜 이 지긋지긋한 세상을 살아야 하는지 알 수 있을까?' 하는 정도.

엄마와 나는 그 길에서 가장 느린 순례자였다.

엄마는 환갑을 넘었고, 나는 당시 150킬로그램을 넘겼다. 걷기에 최악의 조건을 자랑하던 우리는 남들은 보통 34일 걸린다는 그 길을 무려 60일이나 걸려서 결국 완주했다.

8백 킬로미터를 걷는 동안, 우리는 처음부터 끝까지 병치레를
했다. 불안정한 무릎이 돌아가거나, 음식을 잘못 먹고 걸린
식중독으로 화장실에서 피를 보고 놀라기도 했다. 이유 모를
호흡곤란이 와서 야간에 응급실에 간 적도 있다.

생각보다 까미노를 걷다가 세상을 뜨는 사람들이 많았다.
큰 일교차, 매일 20킬로미터 이상을 걷는 강행군을
한 달 이상 지속하는 일정에 심장마비로 쓰러지는 경우가
대부분이었는데, 내가 걷는 동안 5명이 죽었다.

늙고, 아프고, 느리고, 무거운 우리 모녀를 걱정하는 사람들이
많았다. 한국을 떠날 때 잘 다녀오라고 말했던 내 지인들
대부분이 뒤에서는 완주 못할 거라고 걱정했다며,
"대단하다. 어떻게 그걸 견뎠느냐"고 물었다.
나는 그 질문에 이렇게 대답하곤 했다.

"응, 잔병으로 큰 병을 이기면서 걸었어!"

남들이 말하는 그 악조건들 덕분에 무리 자체를

할 수가 없는 몸을 가진 우리는 큰 사고를 면할 수 있었다고

단언할 수 있다. 나쁜 게 나쁜 것만은 아닐 때도 있다.

해가 채 뜨기도 전에 짐을 꾸려 다음 목적지까지 걸어가는

아침 길은 늘 좋았다. 공기는 맑고 풍경은 아름답다.

흐르는 땀마저도 왠지 상쾌하다. 엄마랑 웃는 얼굴로

이런저런 수다도 떤다.

그러나 오전 10시를 넘어서면 슬슬 해가 높아져가고

우리의 얼굴에 그늘이 짙어지고 말수도 적어진다.

12시를 넘기면 '내가 미쳤지, 여길 왜 왔나.' 싶어진다.

우리가 계획한 숙소까지 남은 물리적인 거리는 알겠는데,

도착을 언제쯤 할 수 있을지는 가늠이 되지 않는다.

속에서 맴돌던 욕지거리가 목구멍을 뚫고 세상 밖으로

자꾸 튀어나온다. 발바닥은 아프고 등에서 나온 땀이

배낭에 스며들어 축축하기 그지없다.

이제 딱 죽겠구나, 싶을 때 마을이 나타나고

숙소를 잡고 씻고 나오면 빨랫감이 기다린다.

땀에 젖은 옷을 손빨래 해서 널어놓고 나면 공식적인 일정은

마무리. 잠깐 누워 쉬다가 근처 식당에 가서 나름대로의 만찬,

'순례자 정식'을 즐기면 잠자리에 든다.

60일 동안 그렇게 먹고 걷고 빨래하고 자는 것을 반복하는

'단순한 삶'이 계속되었다.

시작할 때는 땀에서 소금이 나올 정도로 더웠는데

산티아고에 도착할 무렵에는 새벽에 서리가 내렸다.

우리는 조금 따뜻한 옷을 새로 사야 했다.

추적추적 비가 내리던 날, 우비를 덮어쓴 채로 산티아고에
도착했다. 산티아고 인근 도로에서 차를 몰고 지나가던
스페인 사람들이 창문을 열고 환호를 보내주기도 했다.
성당 사무실에 가서 순례자 증명서, 크레덴시알을 보여주고
완주 증명서를 받고 축복미사를 드리는 것으로 순례는
정말로 끝이 났다.

이 절차를 다 끝내고 난 뒤, 나는 충격을 받았다.
아무것도 바뀐 것이 없어서였다. 마지막 미사까지 드리고 나면
뭔가 울컥하며 깨달음이 생기지 않을까.
단 하나 궁금했던 '왜 살아야 하는가'에 대한 해답을
얻지 않을까 했는데, 흔한 감격의 눈물도 안 나왔다.
변한 것은 순례자에서 관광객으로 바뀐 명칭뿐. 땀에 절고

햇볕에 바랜 옷차림에 두 달 동안 자라 덥수룩한 머리,
당장 오늘 묵어갈 숙소를 정해야 하는 현실까지 아무것도
바뀐 게 없는 일상 그대로였다. 왠지 웃음이 났다.
허무한 기분도 들었지만 이상하게 유쾌해지기도 하고,
어처구니가 없기도 했다. 죽을 듯 힘들어 하고 고민했던
것들이 아무것도 아닌 것 같았다.
고작 60일 동안 반복했던 먹고 걷고 빨래하고 자는 단순한
삶은 내 나이만큼 쌓여 있던 마음의 병을 위한
재활 훈련이었던 것 같다. 나는 이 여행을 통해서 아무리
힘들게 잠이 들어도 다음날 아침에는 상쾌하게 걸을 수 있고,
걷고 싶어진다는 사실을 알게 되었다.
이 원리를 알고 나니 어려움을 마주했을 때 견딜 수 있는
힘이 생겼고, 그 시간들이 지나갈 때까지 덜 불안해하며

다음 단계를 기다릴 수 있는 요령도 생겼다.

나는 더 이상 왜 살아야 하는지에 대해서 크게 궁금해하지 않는다. 그 질문만큼 쓸데없는 질문이 없더라.

화살표를 따라 걸어가면

걷는 동안 만나는 순례자들과 자주 하는 이야기 중 하나가
까미노를 걷는 것이 인생의 축소판 같다는 이야기였다.
나도 매우 그렇다고 생각한다. 시간이 많이 지난 지금도.
제법 긴 여행이었던 그 시간들은 여전히 사는 데 서툰 나에게
아직도 견딜 힘을 준다.
어디인지 모르는 길을 걷더라도 방향이 옳다면 틀린 길은
아니다. 확인되지 않는 시간은 여전히 불안하지만
느린 걸음이든 무거운 걸음이든
멈추지 않는다면 도착하게 된다.

화살표를 따라 걸어
가면 목적지에
도착하는 단순한
과정의 여행이었
음에도 걷는 사람의
모습이나 화살표가
보이지 않는 지점은 몇
집분이 계속되면 확신
이 흔들리고 생각이 흔들
렸다 다른 기준이 확
인되지 않으면 바른 길
위에 서 있는 채로도
수시로 길을 잃곤 했다

산티아고 길을 회상하며

그 집을 떠나야 이야기가 시작된다

각자의 집에서 쓸모가 없어진 네 마리의 가축들.

당나귀의 가출을 시작으로 브레멘에 가서 거리악사가 되자는

공동의 꿈으로 의기투합하며 집을 떠난다.

장물로 가득한 도둑의 집을 차지한 네 마리의 가축들은

브레멘으로 가던 여정을 멈추고 풍요로움에 만족하는 삶을

살기로 한다는 이야기.

이 동화는 때때로 내가 꾸는 꿈이 진짜냐고 짓궂은 질문을

던진다.

"진짜로 원하는 것이 꿈 자체인 거야? 풍요와 안정이

보장되어도 그 꿈을 계속 꾸고 싶어?"

이 질문에 말리면 갑자기 쓸잘데기 없는 고민에 빠진다.

"내가 내 꿈에 진심인가?" 순식간에 마구니가 낀다.

그걸 왜 고민한단 말인가.

일단 떠나야 이야기가 시작된다. 떠나지 않았다면

그들에게는 아무런 선택지가 없이 각자 주인에게 처리되는

새드 엔딩뿐이다. 꿈을 이루기 위해 떠나기도 하지만

떠나기 위해서 꿈을 꾸기도 한다.

어떻게든 길을 나서야 선택지가 다양해진다. 거리악대가

되든, 편안히 잘 먹고 잘 살든, 선택할 수 있을 때 더 행복한

쪽을 결정하면 되는 거다. 지금 꾸는 꿈이 영원하지 않을까봐

고민하느라 길을 떠나지 못하거나 나아가지 못하는 건

아둔한 일이다.

일단 그 집을 떠나야 이야기가 시작된다.

나는 오늘도 브레멘으로 향한다. 거리악대를 계속할지 말지는

도둑의 집을 차지하고 나서 그때 고민해도 된다.

이 산이 아닌가벼

목적지를 정하고 열심히 간다고 그 지점에 도착하지는 않는다.

정신없이 가다가 한참 지나쳐버리기도 하고

아예 다른 방향으로 가고 있을 수도 있다.

그렇게 헤매다보면 왜 길을 떠났는지도 잘 모르게 된다.

흔히 우스갯소리로 하는 "여긴 어디, 나는 뉴규?"를

흐린 눈으로 뇌까리고 있는 상태.

그런 상태가 되면 마치 첩첩산중에서 조난당한 것 같은

불안과 공포에 짓눌린다. 확신이 없는 것, 모른다는 것은

무섭다. 그러나 유감스럽게도 인생이 어디로 흘러갈지

아는 사람은 없다. 그래서 사는 게 다들 힘든가보다.

그런데 우리가 인생에 확신을 갖는다는 게 과연 가능한지

의문이 든다. 모르는 길을 가는데 불안한 건 지극히

자연스러운 일이다. 오히려 나의 방향과 보폭에

의심이 드는 것이 옳게 가고 있다는 증거일지도 모른다.

근거 없이 확신하고 안심할 때 늘 사고가 터진다.

이 산이 아닌가벼. 아까 그 산이 맞는가벼.

역사책에 남을 만큼 대단한 나폴레옹도

그렇게 살다가 갔다. 다들 그렇게 사는 거다.

오늘의 나도 이래저래 고민이 많은 하루를 보냈다.

그러니 좋은 하루를 살아낸 거다. 내일도 확신 없이

재미있는 길을 떠날 거다.

내가 말하는 곳이 곧 나의 행선지

'말이 씨 된다.'

중요한 일을 앞두고 불길하거나 부정적인 말을 뱉으면

어른들이 입방정 떨지 말라며 꼭 하시던 저 말씀.

좋은 말을 자주 하면 좋게 되고 나쁜 말을 자주 하면 나쁘게

된다니, 미신 같기도 하고 유사과학 같은 느낌도 드는 저 말.

그런데 정말 말은 씨가 된다. 독초가 되기도 하고 달디단

과일이 되기도 하고 약이 되기도 한다. 물론 싹이 나지 않거나

쭉정이가 되는 씨도 있지만.

SNS의 장점 중의 하나가 과거의 오늘, 내가 남긴 말을

보여준다는 점이다. 과거 내가 쓴 글들을 보고 있으면 내

마음가짐과 다짐들이 삶에 영향을 주었던 근거들이 보이더라.

나도 어디에 빠지지 않는 투머치토커이기에 참말로 씨를

심기도 많이 심는다. 훌륭하신 분들은 말을 줄여야 한다고

당부하지만 그건 성향문제라 어차피 조절은 불가능하다.

양 조절이 어려우니 가급적 좋은 씨앗을 심는 노력을 하는 게

좀더 현실적인 방편이라고 본다.

그러니 나는 좋은 미래를 가져다줄 씨앗을 뿌리듯이

나의 희망을 말하고, 물 주고 비료 주고 돌보듯이

하루하루를 살아갈 생각이다.

미래의 오늘, 지금 쓰는 글을 보며

"아 그래, 그때 저런 마음이었으니 오늘 행복하구나." 하고

웃을 수 있게.

하나씩 하나씩

정답이 아닐 수도 있지만

모범답안 중 하나는 될 수 있을 거야.

하나씩하나씩 느린걸음으로

일년도 하루하루
천리길도 한보한보
뜨개질도 한코한코
바느질도 한땀한땀
낙서도 하나씩하나씩
글도 하나씩하나씩

먼 거리를 오랜 기간 동안 걷는 여정이다 보니

다수가 발병이 나곤 했던 까미노. 물집은 기본, 근육통이나

족저근막염, 염좌, 발톱이 빠지는 경우도 흔했지만,

엄마와 나는 많이 걷지 못하는 몸이라 의외로

물집 하나 없이 완주를 했었다.

스무 살짜리 독일 소녀는 길 위에서 만난 친구들과

의기투합해서 함께 걷고 있었다. 그녀는 발에 물집이 생긴

것을 제대로 관리 못해서 동전보다 더 크게 부풀어오른

물집이 터지고 빨간 생살이 그대로 드러나 감염이 되는

바람에 상태가 좋지 않았다.

모두의 권유로 그녀는 하루 일정을 미루고 병원에 갔고,

내려진 의사의 처방은 심플하게 "혼자 걸어라." 였다.

즐거운 친구들과 헤어지고 싶지 않아서 무리하게 그들의

보폭과 체력에 맞추어 걸었던 것이 병의 원인이었다. 의사는
이 길을 마지막까지 걷고 싶다면 회복하고 난 이후에도
자신의 컨디션에 맞는 속도와 거리만큼만 움직여야 한다는
친절한 설명도 덧붙였다.

낙심해서 돌아와 한나절을 매우 우울해했지만 그녀는 생각을
바꾸어 불필요한 짐을 싸서 집으로 보내 배낭의 무게를
줄였다. 그리고 그날 밤 작지만 즐거운 파티를 열어 친구들과
작별을 했다. 며칠 더 쉬었다가 상처가 나아지면 혼자서
끝까지 완주를 해보겠노라고 기특하고 현명한 결정을 내렸다.

위인들의 삶, 셀럽들의 반짝이는 SNS, 발전하는 주변 사람을
보면 왠지 당장 속도를 높여 쫓아가야 하는 건 아닐까
싶어진다. 그런 자극이 게을러진 내 걸음을 일깨워주기도
하지만 무턱대고 쫓아가다간 탈이 날 수도 있다.

거기에서 헤어졌기에 그 소녀가 마지막까지 완주했는지
여부는 모른다. 그리고 우리는 남들이 평균 34일 정도
걷는다는 그 길을 60일이나 걸렸지만 완주했고, 얻고 싶었던
것들을 넘치게 얻었다.

각자 보폭도 걸음걸이도 목적지도 다른 여정에서 '자신의
길을 자신의 보폭대로 걸어가는 것'이 각자의 정답이다.

한 끗

한 끗은 아주 사소하고 작은 차이지만 결과를
극명하게 달라지게 하는 결정적 요소가 된다.
한 끗 차이로 완성과 미완성, 정교함과 조악함으로
확연히 나뉜다.
사람들이 열정을 쏟아붓고 자신을 갈아넣는 이유가
그 한 끗을 얻기 위함이 아닐까.

앨리스의 초긍정이 돋보이는 대사다.

미지의 것을 선택하는 것에는 위험이 따른다.

예상이나 바람과 다른 결과가 기다리기도 한다.

그러나 그 미지에 손을 뻗는 것, 한 발자국을 내딛는 것만이

새로운 곳으로 가는 유일한 열쇠가 되어준다.

뭘 먹거나
마실때마다
뭔가재미있는일이
꼭생겼잖아
이 병에 든 것도
시험해 봐야겠다

이상한 나라의 앨리스中

채움과 비움

뭔가 텅 비어버린 요즘의 마음을 들여다보다가
힘낼 수 있는 생각을 해서 적어보고 싶었다.
혹시 나처럼 껍데기 상태인 이가 있다면
함께 위로 받기를 바라며 오늘의 엽서를 띄운다.

채우는것보다 비우는것이더 어렵답다고 세상의
진리인양 말하는것을 종종들었다하지만
지금가득 채워져있거나채워본 경험을
생생히기억하는이가 탈수있는이야기
현재텅 비어버린이가 듣는다면 삐딱해

진자꾸　　　　　　　지싱을자
극혀빈　　　　　　　정거리고
삶게만　　　　　　　들수있는
이야기다　　　　　　그러나애
촌에그릇　　　　　　이란담기
위해만들　　　　　　어진것무
언가를담는　　　　　행위는그것
을사용하기　　　　　위한목적이
다담기위해　　　　　비울수도쓰기
위해채울수　　　　　도있는것에는
쪽이옳다고도　　　　단정지을수는
없다 중요한　　　　　것은 나라는

그 릇을 정성껏 채워 필요한곳에 잘쓰고
깨끗이 비워 또새로운 좋은것을 담는것이다

채움과비움

동굴 어디까지 파봤니

힘든 일이 닥치고 설상가상의 상황이 더해지고

사면초가로 탈출구가 보이지 않으면, 우리는 바닥을 쳤다며

자신만의 동굴을 파고 들어간다.

진짜로 거기가 바닥일까?

내가 들어가 앉은 그 동굴은 되돌아 나오는 것밖에

출구가 없는걸까? 내던져진 밑바닥에 금광이 있을 수도 있고

동굴 안에 신세계로 가는 통로가 있을지도 모른다.

밑바닥에 누워 있지 않고 동굴 안에 웅크리고만 있지 않고

울면서라도 삽질을 하다보면 방도가 생기게 마련이다.

동굴, 어디까지 파봤니
바닥 어디까지 쳐봤니

사람들은 왜 자기를 고백할까

혼자 살아갈 수 없기 때문에 사람은 더불어 살아간다.

많고 많은 사람들 중에는 함께하고 싶은 사람도,

함께해야만 하는 사람도, 결코 함께하고 싶지 않은 사람도,

별 관심이 가지 않는 사람도 있다.

이 거대한 관계의 그물망 속에서 범위도, 형태도 다르겠지만

누구나 사랑 받고 이해 받고 싶은 마음은 다르지 않을 것이다.

끊임없이 보여주고 고백하고, 누군가에게 보여달라

털어놓으라 바라며 오늘도 이렇게 살아가는구나.

넌 이는 게 뭔지는 모르겠지만
보여지고 싶어하는 사람이
이렇게나 많은 세상

사람들은 오늘
자기를 고백할까

드라마 미생 中

삶

누가 봐도 모범적으로 사는

고집 혹은 소신으로 거꾸로 사는

가늘고 길게, 혹은 굵고 짧게 사는

귀퉁이에 숨을 죽여 웅크리고 사는

비뚤비뚤 제멋대로 사는

앞서가는 사람들을 따라서 사는

백이면 백, 천이면 천, 다 다른 제각각의 삶.

결국 모른다

설명이 필요 없던 그런 때도 있었다.

그냥 오롯이 그 마음을 알 수 있었으니까.

설명할 필요가 없어진 건 언제부터였을까.

들어봐도 말해봐도 알 수 없게 되어버린 것은

도대체 언제부터였나.

정신적 감량 Mental Obesity

피지컬의 감량은…

뭐… 일생의 숙제니까 그렇다 치고…….

오히려 더 시급히 가벼워져야 할 것은

멘탈의 노폐물이지 않을까 하는 생각이 들었던

새해의 첫날.

스트
레스
잡 생각
오래묵은
마음의
상처
날 벌
숨 과
만 성
피 로
우 을
위려

감량 리스트
적어보다

117

충전해요

『촌마게 푸딩』*이라는 책에서 타임슬립으로 현대에 떨어진
사무라이 주인공이 현대인의 소진상태를 지적하는 장면이
잠깐 나온다.

그 구절이 어쩐지 기억에 오래 남는 이유는 나 또한 제때에
스스로를 채우는 방법을 몰라 늘 삶이 곤란한 사람 중
하나이기 때문일 것이다.

사람을 제대로 작동하게 하는 힘은 체력도 있고 정신력도
있고 지능도 있지만, 그것들과는 조금 다른 에너지가
존재하는 것 같다.

이 에너지를 다 써버리거나 큰 충격으로 한순간에 잃어버리고
나면 아무것도 하지 못하는 고장난 사람이 되어버린다.

이 에너지는 안 쓴다고 모이지도 않는다. 오히려 다른 모든

---

* 아라키 겐 저, 오유리 역, 『촌마게 푸딩』, 좋은 생각.

힘들을 사용해야 충전이 가능하다. 몸과 머리와 마음을 무리 없이, 과하지도 모자라지도 않게 균형 있게 사용하는 것이 발전기의 원동력이 되는 신기방기한 에너지다.

균형을 잘 잡고, 일과 휴식을 잘 조절하고, 콘센트가 빠지지 않도록 스스로를 정성껏 보살펴주자.

방치한 핸드폰처럼 사람도 방전될 수 있으니까.

하이브리드 휴먼

"전기, 휘발유 따위의 동력원을 두 종류 이상 번갈아가며
사용할 수 있는 자동차. 기존의 자동차보다 연료 소비율이
낮고 배기가스 배출량이 적어 환경 친화적이다."
검색창에 하이브리드를 입력하면 제일 먼저 나오는 내용.
좋은 일이 생기는 것은 나를 고무시키기도 하지만 또
느슨하게 만들기도 한다. 나쁜 일이 생기는 것은 나를 힘들게
하지만 새로운 계기가 되어주기도 한다.
내게 오는 상황들을 잘 파악하고 받아들인다면 어떤
요소라도 좋은 양분이 되어 나를 성장시킬 잠재력을
가지고 있다고 믿겠다.
나는 행복해지고 싶고 더 나은 사람이 되고 싶다.
하이브리드 휴먼이 될 테다!
모든 것을 원동력삼아 행복하고 나은 미래로 갈 테다!

완주의 의미

목표한 지점까지 다다르는 것. 보통 그것을 완주라고
말하지만, 그 사전적 의미 뒤에는 좀더 특별한 의미가 있다고
나는 믿는다.

자신감을 잃었을 때, 스스로에 대한 믿음이 부족할 때, 혹은
뭘 해야 할지 어디로 가야 할지 방향을 찾기 어려울 때, 이런
순간이 안 오면 좋을 텐데 왠지 참 자주 찾아온다. 안 반갑게.
그럴 때는, 혹은 그럴 것 같은 때는 일부러 나만의 달리기
코스를 만드는 기분으로 작은 목표를 만들고 달려나간다.
경쟁해야 할 대상도 강제성도 없지만, 그렇기 때문에 생각이
너무 많아져서 힘들기도 하지만, 이 완주를 통해서 나는 나를
확인한다. 이만큼은 믿을 만한 사람이구나.
이만큼은 할 수 있는 사람이구나. 나에게 완주의 의미는
스스로에 대한 확인과 신뢰다.

4

봄이여
와요

내가 나로서 산다는 것은

내가 나로서 산다는 것은 당연한 것처럼 들리지만
평화로운 가운데 숨쉬듯 이루어지지 않는다.
나는 이미 존재하는 세상에 태어난다. 그 세상은 환경과
인간관계 등 여러 형태로 내게 영향력을 행사한다.
내가 어떤 나인지를 알아가는 것도 쉽지 않은 여정인데,
내가 가고자 하는 방향을 간신히 정해도 나를 둘러싼 여러
요인들이 각자 다른 방향에서 나를 밀고 당긴다.
내가 나로서 산다는 것은 소용돌이 같은 영향력들 가운데서
중심을 잡고 방향을 정해 나아가는 것,
더없이 치열하고 힘겨운 투쟁이다.

프리다 칼로

프리다 칼로는 죽기 전 병상에서 여러 개의 수박을 그린

작품을 남겼는데, 하단 중앙의 수박 조각에

'인생 만세 viva la vida'라는 글귀와 자신의 이름을 적어넣었다.

나는 이 그림을 매우 좋아한다.

재앙 같은 사건들로 점철된 그녀의 일생을 떠올려보면

쉽게 납득이 가지 않는다. 지긋지긋한 인생도 모자랄 판에

만세라니.

소아마비, 교통사고, 불행한 결혼과 이혼, 유산, 다리 절단,

끊임없는 수술… 대충 늘어놓아도 기함할 일들뿐인데도.

자신의 현실을 화폭에 그려넣던 그녀는 그 처절한 현실

속에서 늘 소망했다. 자신이 되고 싶은 여자가 되고 싶다고.

그리고 그녀는 끊임없이 배우고 실행하고 만나고 성장했다.

일생의 마지막까지 그녀를 괴롭힌 고통 속에서도 인생

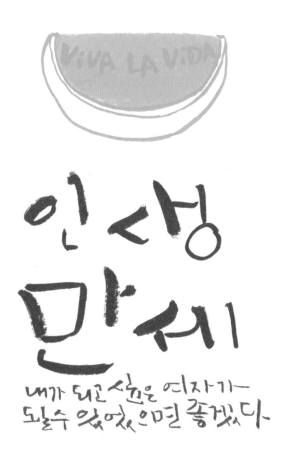

인생
만세

내가 되고 싶은 의자가
될수 있었으면 좋겠다

만세라고 말할 수 있었던 건 그녀가 되고 싶었던 여자가

되었기 때문일 거라고 생각한다.

오늘 밤은 프리다 칼로를 생각하며 나에 대해서도

생각해본다. 나는 어떤 여자가 되고 싶은 걸까.

제대로 마른 묵나물처럼

읽었던 책에서 말린 나물에 관한 문구가 있었다.

공감이 되어서 꽤 오래 기억에 남았다.

발전이 없거나 퇴보한다는 느낌이 들어서 위축되고 자존감이

떨어질 때가 있다면, 우울의 늪에서 버둥거리기보다는

조금 멈추는 시간을 갖는 것도 괜찮다. 해답을 찾지 못한다면

멈추어 숨을 고르거나 문제의 시작점으로 돌아가보는 것도

괜찮다. 나아가는 것만이 정답은 아니니까.

음습한 우울함 속에서 허우적대다가 짓물러 썩은 야채가

되지 말자. 제대로 말라 좋은 묵나물이 되어보자.

푸르른 초록의 빛을 잃어버리고 흙처럼 짙은 갈색으로

가라앉아도, 유연하게 바람에 흔들리던 줄기가 죽은

나뭇가지처럼 말라 비틀어져도, 마르는 과정을 잘 거친다면

새로운 물을 만나는 그날에는 새로운 가치를 갖게 될 테니까.

작은 탑을 쌓는 일

혼자서 일을 하다 보면 때때로 슬럼프에 빠졌을 때

대응하는 게 쉽지 않다.

출퇴근 시간, 주어지는 루틴이 없으니

일이 손에 안 잡히거나 풀리지 않으면

한없이 동굴을 파고 들어가버린다.

자신이 없어지고 눈앞이 막막해지고 초조함이

뒤꿈치를 쫓는다.

그럴 때면 높지 않은 목표를 세우고 그 작은 성취를

반복하는 것이 지친 심신을 회복하는 좋은 해결책이 된다.

작은 탑을 쌓는 일을 하다 보면 동굴의 출구에 이를 수 있다.

퇴계 이황의 산

"나에겐 이미 지나간 세월이라 애석할 뿐이지만 그대는
이제부터 하면 되니 달리 문제가 있으리오. 다만 조금씩
흙을 모아 산을 이루는 날까지 너무 머뭇거리지도 말고
너무 서두르지도 마시오."

_ 퇴계 이황

좋은 말씀도 옳은 말씀도 많지만… 따르기가
쉽지 않은 것이 함정……
옛날 그림 그리시던 밥 아저씨도 말씀하셨지.
"참 쉽죠?"
아니요! 어려워요!! 어렵습니다!!!

올 겨울, 삽질의 경험치를 대거 획득했다.

여전하더라도 여전하게

2년을 다 채우고도 여전한 코로나.

성인이 된 이후 지속되는 미래에 대한 불안,

도저히 정리가 되지 않는 집과 책상 위. 그 외에도

해결이 되지 않는 모든 문제들은 아주 건재하고 여전하다.

그러나 나는 여전해야 한다. 여전히 살아갈 방도를 찾아야

하고, 성과가 보이지 않는 작업마저도 지속해야 하며,

정리가 안 되도 놓지는 말아야 한다.

부정적인 것들이 여전하더라도 긍정적인 나는

여전하게 삶을 이어가야 한다.

내 머리가 맷돌이면 좋겠어

그렇습니다……

딱 그런 상태.

오늘은 맷돌만도 못해요.

큭.

내 머리가
맷돌이면 좋겠어
재료 넣고 돌리면
술술 나올텐데
맷돌이 아니라서
짜내고 돌려봐도
아무것도 안 나와

낚이는 쪽 말고 낚는 쪽이 돼야지

마음이 잘 안 잡히는 방황의 시기에 휴대폰을 놓지 못하고
각종 SNS와 유튜브를 빙빙 돌다보면 알고리즘이 속삭여온다.
"이거 사라, 사라, 사라."
그래서 집 안 침대에 누운 채로 계획에 없던 지출을 하게 된다.
문 앞에 배송되어 온 물건이 쓸만하다면 그나마 위안이겠으나
이렇게 구입한 물건은 대부분 좀…….
그렇다, 낚인 것이다.
세상 모든 일이 그런 것 같다. 내가 주도적으로 움직여서
결정을 하면 필요하고 도움이 되는 것을 선택하게 되지만,
갈피를 못 잡고 부유하고 있으면 주도적으로 움직이는
누군가에게 낚이게 된다.

나 아직 소화 중이야

공부 잘하는 사람들을 관찰해보면 내리 수업만 듣지 않더라.
수업을 듣고 배우고 나면 혼자 공부하는 시간을 보낸다.
그 시간은 배운 내용을 이해하고 받아들이는 시간이고, 이
과정에 공을 들여야 온전한 자신의 지식이 되는 것 같았다.
소화시킬 틈도 없이 음식을 밀어 넣으면 에너지가 만들어지는
것이 아니라 체하는 것을 시작으로 큰 병에 걸린다.
나는 가끔 하고 싶은 것도 많고 배우고 싶은 욕심도 커서
너무 많은 것에 손을 댄다. 과한 의욕이 앞설 때는 침착할
필요가 있다. 식사도 공부도 꼭꼭 씹어서 재료의 맛을 보고,
영양소를 흡수하는 과정은 아주 중요하니까.
이젠 돌도 씹어 먹을 만큼 젊은 나이가 아니라서 과식도
과욕도 바로 탈이 난다.
잊지 말아야지. '소화시킬 수 있을 만큼'만 '매일'.

일할 때는 언제나 드라마나 영화. 일 안 할 때는 책이나 웹툰.

스토리가 있는 것들은 언제나 나를 사로잡는다.

너무 재미있는 이야기들은 늘 끝이 다가오는 것이 초조하다.

드라마의 마지막 화가 가까워질수록, 영화의 플레이타임이

점점 줄어들수록, 손에 쥔 남은 분량의 페이지가 얇아질수록

아쉽고 아쉬워서.

나도 하고 싶은 이야기가 많은데, 내 이야기들도 재미있으면

좋겠는데. 언젠가 내가 이야기를 꺼내 놓았을 때

나는 이런 행복한 초조함을 느끼게 할 수 있을까?

주인공 씨, 열심히 울어요

어리고 초라한 드라마 주인공이 길바닥에 주저앉아 눈물을
터뜨린다. 후회와 슬픔에 엉망인 꼴이 어쩐지 조금 부러운
기분이 든다. 여전히 울고 싶은 때가 있고 또 여전히 잘 우는
편이지만 더 이상 나는 저렇게 울지 않는다. 길에서도 울지
않고 하염없이 오래도 울지 않는다.
상처 받지 않도록 올인하지 않으니 상심할 일이 줄었고,
재빠른 체념법도 체득했기 때문에 슬픔에 오래 잠기지도
않는다. 무엇보다 체력과 기력이 모자라서 적당히 슬퍼해야
한다. 울고불고 유난을 떠는 것도 다 때가 있는 것 같다.
중2병도, 청춘의 열병도 평생 계속되지는 않는다.
그러니 지금은 지금이 때인 것들을 해야겠다. 지금은
고민이고 힘든 것들이 나중 언젠가는 아련한 그리움이나
부러움이 될 테니까.

내겐 너무 무서운 노래

노래에는 타임머신 기능이 있다. 특정한 상황에 처해 있을
때 마침 흘러나왔거나 그 상황에 딱 맞는 가사였던 노래는
세월이 흐른 뒤 들어도 과거 그 상황으로 나를 데려다놓는다.
내게도 그런 노래가 몇 개 있다. 전영록의 〈사랑은 연필로
쓰세요〉는 10살 무렵의 어린 시절로 나를 타임슬립시킨다.
내가 살던 동네의 재래시장 입구에는 버스정류장과
2층짜리 건물이 있었다. 2층은 극장이었는데, 언제나
화공들이 직접 그린 상영작의 간판이 붙어 있었고
1층의 한켠에는 레코드 가게가 있었다.
어느 날, 해가 저물어 어둑한 시간에 나는 버스정류장에
서 있었고, 뒤의 레코드 가게에서는 당시 인기 절정이었던
그 노래가 흥겹고 발랄하게 흘러나오는 중이었다.
그때의 상영작은 하필이면 지옥의 카니발이었다.

문제는 어떤 화공인지 모르지만 지나치게 솜씨가 좋아서

거대한 간판에 엄청난 퀼리티를 담아냈다. 한 번 쳐다봤다가

기겁을 하고는 그 이후로 시선을 올릴 수가 없었다.

또한 레코드 가게의 환한 조명이 등 뒤에서 쏟아져 내

그림자를 크고 검고 괴이하게 늘어뜨려 견디기가 힘들었다.

버스가 올 때까지 계속 반복되어 흘러나오던 그 노래.

나는 아직도 〈사랑은 연필로 쓰세요〉를 들으면

가위에 눌렸을 때와 비슷한 공포감과 함께

2층 건물 앞 버스정류장으로 돌아간다.

난 나의 취향이 좋아

마음속 이상형과 실제로 사랑에 빠지는 상대는 전혀
연관성이 없는 경우가 허다하다. 좋아하고 싶은 것,
혹은 좋아 보이는 것이 진짜로 좋아하는 게 아닌 경우도
마찬가지다. 좀더 괜찮은 사람이 되고 싶어서 공부도 하고
교양도 쌓으려고 모두들 노력한다. 나도 그렇다. 그래야 발전이
있으니까. 하지만 본연의 내가 좋아하는 것들은 실소가
터지게 어이없고 판타지가 펼쳐지는 말도 안 되는 것들이다.
제목이 너무 유치해서 말하기 부끄러울 정도인 웹소설들을
즐겨 보고, 병맛 웹툰을 보며 키득거려야 스트레스가 풀린다.
그런 시간이야말로 뭔가 '생긴 대로 사는' 느낌이 든다.
퇴근 후의 휴식 같은 기분이랄까?
취향도 퇴근을 시켜주자. 제때 퇴근시키고 쉬게 해주어야
출근도 제대로 하는 법이다.

어디서 감히 눈을 똑바로 뜨고

아랫사람을 혼낼 때 유난히 눈에 대한 지적이 많은 것 같다.

어디서 감히 눈을 똑바로 뜨고!

뭘 잘했다고 눈을 똥그랗게 뜨고!

늘 들을 때마다 의문이다.

똑바로 뜨는 게 금지라면

째려야 하나? 홉떠야 하나? 사팔뜨기?

똥그랗게 뜰 수 없다면 네모나게? 세모나게?

너무 어려운 문제라 고민해봤지만 답은 모르겠고,

의문을 제기하면 열 배쯤 더 욕을 먹을 각이라

그냥 마음에 담아두기로 한다.

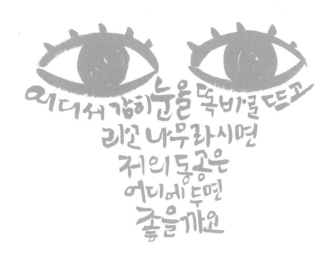

어디서 감히 눈을 똑바로 뜨고
라고 나무라시면
저의 동공은
어디에 두면
좋을까요

이렇게 이쪽 보면 깜족거린다고 매를 벌테니
조용히 입다물자고 다짐하는 담원글씨

김윤현 님의 달

확 와닿아서 잠깐 달에 다녀온 것 같았어.

내 사는 곳에도 사람이 살고 있지.

서로서로 달달 볶아대며.

한보름은 오른쪽부터
슬슬 줄이며 산다 한
석름은 왼쪽부터 슬슬불리며
산다 한달을 그렇게 산다 일
년을 그렇게 산다 영원히 그렇
게 산다 달은 좌의우를 맺었다
가 풀었다가 우와 좌를 비웠다
가 채웠다 가슴이 참 둥글다
그 달빛 비친곳에는 사람이
살고있다 좌우가 서로
달달 복이대며

147

기다리는 시간 동안

시간에 맞춰 버스를 타려고 숨이 턱에 닿도록 정류장까지
달렸는데 떠나가는 버스의 뒷꽁무니가 멀어지는 것만 보게
되는 때.
갑자기 뛰는 바람에 옆구리는 땡기고 숨은 헐떡이고 일정은
꼬였다. 허탈감과 낭패감으로 절로 나오는 욕을 간신히
목구멍으로 삼키고는 가방과 함께 벤치 위에 널브러진다.
평소 그렇게 여유 시간을 바랐건만 이런 식으로 뚝 떨어진
빈 시간은 반갑지가 않다.
본래의 계획이 무산되고 다음 차량이 올 때까지 기다림만이
필요한 순간에 무엇을 해야 할까.

1. 버스는 이미 떠났으니 재빨리 마음을 비운다.
2. 약속이 있었다면 상대방에게 연락해 상황을 알린다.

3-1. 너무 피곤한 상태라면 한숨 돌린다.

3-2. 해야 할 일 중에 할 수 있는 것을 한다.

3-3. 하고 싶었던 일 중에 할 수 있는 것을 한다.

단, 이것만은 하지 말자.

"이미 떠난 차를 아쉬워하며 시간을 보내는 것."

내일 지구에 종말이 오더라도

요즘 장르소설 중에는 아포칼립스물이라는 분류가 있다.
'아포칼립스Apocalypse', 세상의 마지막 날에 대한 계시,
종말을 뜻하는 단어. 장르소설뿐 아니라 영화나 드라마의
소재로도 아포칼립스가 넘치게 등장한다.

원인은 좀비 등장, 외계침공, 환경오염, 악령도 나오고
나름 다양하지만, 대체적으로 주인공이 현실세계에
잘 적응하지 못하고 게임이나 웹소설 등을 도피처로 삼다가
아포칼립스 이후의 세계에서 게임 속 스킬이나 소설 속
지식으로 살아남고 영웅이 되는 전개를 띤다.

날씨도, 공기도, 수온도 이상하다. 팬데믹은 끝이 보이지
않는다. 정말 이러다가 생전에 지구의 끝을 보게 되는 거
아닌가 싶다. 정말 그럴지도 모른다.

하지만 종말이 도래할지는 몰라도 소설 속 주인공처럼

내일 지구에
종말이 온더라도
난 엽서나 쓸란다

어차피 심을 사고사무모또도 없고
엽서용지는 600장이나 사처장임

생존할 희망은 있을 것 같지도 않고, 있다 해도

나 같은 어설픈 오타쿠의 몫도 아닐 것이다. 텅 빈 세상에

혼자 남아 영웅이 되는 것 따위는 하나도 안 멋지다.

만일 내일 종말이 닥치더라도. 오늘 폭동이 일어나 누군가

우리의 터전을 부수며 방해하지만 않는다면 나는 엄마랑

공방이랑 평소처럼 음식을 만들어 먹고, 뜨개질이든

바느질이든 하던 작업을 하고. 밤이 되면 6백 장도 넘게 사놓은

엽서 용지에 오늘의 심정을 주저리주저리 써넣을 게다.

그런 일상이 내가 하던 일이고 내가 할 수 있는 일이니까.

대신 그 엽서에는 사랑하는 사람들에 대한 이야기를 쓰고

그릴 것이다. 뭐, 사실 마지막의 마지막이 온다면 흔적조차

남지 않는다 해도 남길 건 사랑밖에 없을 테니까.

봄이여 와요

결코 페이스를 잃는 법이 없는 시간은

한파를 뚫고 폭설도 뚫고

봄을 데려오는 중이다.

입춘이란다.

백 번째의 밤

첫 번째 엽서를 쓸 때는 아무 계획이 없었다.

마당의 고양이들을 떠나보내고 슬프고 애틋하고 미안한
마음이 가득해서 아이들의 뒷모습을 그려 넣은 첫 엽서는
작은 돌탑에 돌조각을 올리며 고양이들이 편안하길 바라는
기도와 같았다.

허공에 둥둥 떠 갈피를 잡지 못하는 마음들, 갈팡질팡
중심을 잃은 생각들을 어찌해야 할지 고민하다가, 차라리
잘 갈무리해보자는 생각으로 1백 일을 다짐했지만 솔직히
쉽지가 않더라. '꺼리'를 매일 찾아내기도 어렵고, 간신히
붙든 꺼리도 쓰고 그리는 것이 마음과 달라서 늘 빚을 진
심정이었다. 언 발에 오줌 누는 격으로 채워 넣은 1백 장의
엽서이지만 나는 이 엽서들이 꽤 마음에 들기에 오늘 밤은
나에게 조금은 후한 칭찬을 해주고 싶다.

깨알같은 나의 새해소망

새해에는
나와 내 가족과 내 곁의 사람들에게
모든 운과 복이 가득하길 바라.

아프지 않고 건강하길, 사고없이 무탈하길,
노력한만큼 결과로 보답받길, 고민하던 일들이
술술 풀리길, 기쁜 일이 가득하길, 소중한
사람들과 늘 사이좋길.

혹시 바람과 달리 일이 잘 풀리지 않는다면
아프더라도 하룻밤 잘자고 나면 좋아질만큼만,
사고가 있더라도 해프닝에 불과할 만큼만,
성과가 없더라도 기죽지 않고 계속할수 있을만큼만,
고민이 해결되지 않더라도 이겨 나갈수 있을만큼만,
슬픈 일이 일어나도 마음이 병들지 않을만큼만,
소중한 이들과 다투게 되더라도 잠깐 어색한 만큼만
그 정도에만 그치기를.

그리고 코로나는 이제 그만 떠나주길.

사랑하는 여러분,
새해 복많이, 운많이, 돈많이 받으세요.